方丈の猫

能祖將夫

七月堂

もくじ

方丈の猫

詩がまえ　10

I　ナンノハナ？

通りすがりの　16
花連れ　18
春眠　20
春の心中　22
端午　24
なぞなぞ——五月《さつき》の森のお茶の会　26
思い出　30

入梅《ついり》　32
朝顔と少女　34
てんとう虫　38
熱帯蛾の夜　40
学成り難し　42
献上　44
秋の月と羊と狼　46
ドシャ降る月に　50
カサコソと　52
雪の日の喫茶店で　54
芽吹き　56
行方ナシ　58
ナンノハナ？　60

Ⅱ　もりのなか
ライオンの後継　64
象珈琲――抽象と具象　66
くまのいのり　70
カンガルー・コンプレックス　72
灰色のコウノトリ　78
モト猿　80
もりのなかのうさぎ
――マリー・ホール・エッツの絵本の中の　82

Ⅲ　方丈の猫
いぬのせいかつ　90
御爺ら（GODJILLA）　92
あんなに月が青いから　98

雨の日の自画像　100
人生を舐めて　102
時の水音　104
折り　108
夕陽とＵＦＯ　110
救急搬送　112
愛の病　114
ennui　118
雨中で待ちながら　120
昼過ぎから雨　122
ねむり　124
貸ボート有〼　128
雲を渡る人　130
方丈の猫　134

装丁／タカハシデザイン室

方丈の猫

詩がまえ

来るものを待つかまえがあって
かまえがなければ来るものも来ない
身がまえ
心がまえ
いや、詩がまえ、とでも言おうか
言うに言えないかまえなのだが
あえて言うなら

　　ぼんやり

かまえるでもなく

かまえないでもなく
空でも眺めながらただ

　　ぼんやり

するとどうだ
心の中にもやがてぽっかり
空があらわれ
　空がひろがり
そよそよ　むくむく
　ぽつり　ぽつり……

雨乞いみたいなものなのだが
肝心なのはまず

空をつくること
空がなければ吹くものも吹かず
吹くものがなければ湧くものも湧かず
湧くものがなければ降るものも降らず
だからまず
空をつくることから始めるわけだが
空をつくるということは
　何もつくらない
ということでもあるので
そこのところが
ちと難しい

じゃ、ちょいと詩がまえて
眺めてみますか空でも

ぼんやり

I　ナンノハナ?

通りすがりの

通りすがりの
幸寿園の花が見事で
眺めていると

ありゃあ　みんな
　きおくの　はなさ
じさま　ばさまの
　きおくの　はなが
しろく　かすんで
　ちって　ゆくのさ

と
通りすがりの
てふてふが
教えてくれた

花連れ

夜桜でも見ようと
近くの公園に
ひとり出たのに

付いてくるのは
あまい気配
歩いても止まっても

死んだ子犬か
亡くした恋か
いずれにしても花の季節に

あまえたり
あまえられたり
あいしたり

いずれにしても悪くない連れ
と
夜桜を眺めた

春眠

目の覚めるような詩を書きたい　と
暁を覚えぬ寝床で　うつら　うつら
その間にも
花はふり　花はつもり
　いつしか
積花一メートルにも
及んでいたので　ありました

花をかき　花をわけ
えっちら　おっちら　歩いてゆくうち
春の陽ざしに　花はとけだし

いつしか
花筏に乗って
流されてゆくので　ありました

ひねもすのたり　のたり
の海に向かって
うつら　うつら
いつしか
船漕ぐ筏で　ありました

春の心中

晩春の晩の風に吹かれて
この風は
いく春の風
なまぬるく頬を舐め
お別れのキスのつもりか
にしては未練がましく
　いきたくないのだね、春
けど、花もすっかり散ってしまって
初々しく
初夏と呼ばれる季節がすぐそこに
　ひとりじゃ

いきたくないのだね、春
今まさに
幽霊になろうとしている春
にまとわりつかれて
この世ならぬところの春まで
いっしょにいってしまいそうだよ
春よ春

端午

吹き抜けの
洞《ほら》の胴に薫風を孕ませ
生き生き泳ぐ鯉がいるなら

この空っぽの胸いっぱいに
何かを孕んで泳いでみたい

見上げれば鯉のやつ
　でっかい目玉で
見下しやがった

なぞなぞ　――五月《さつき》の森のお茶の会

こんなにさわやかな五月の木々の
葉と葉のあいだに隠れているのは
だあれだ？

（ヒント1）
チェシャ猫ではないけれど
猫毛のようにやわらかな
笑みを浮かべて見ているよ

（ヒント2）
どんなに気難しい帽子屋さんでも

そんな風に見られてしまえば
シャッポを脱いで恥じらうばかり
ねむり鼠は眠りっぱなしで
ねむり歌を歌ってる

（ヒント3）
三月ウサギじゃないことは確か
だって今は五の月だから

（ヒント4）
あー、リスでもないよ

（最後のヒント）
なぞなぞ大好き

答えはね、って
声がまぶしく聞こえてきそう
こんなにさわやかな五月の木々の
葉と葉のあいだに隠れ
きれずに

思い出

蛍、見たことがあります
　髪の長い女と
ええ、腰まで届く
　漆黒の髪

闇の中
　せせらぎが聞こえて
いっせいに青白く
　蛍火《ほたるび》が

葉叢《はむら》と間違えたか

いや、夜の川と？
一匹だけ
　長い髪に燃えて
もう
思い出のようでした

入梅《ついり》

この雨は
はじめての雨
雨の好きなあの人が死んで
はじめての

たましいの天辺を
傘の形に開いて
—お気に入りの紫陽花色の

きっとくるっと
傘を回して

するとくるっと
紫陽花も舞って
病の癒えた人のよう

朝顔と少女

朝顔が好き
という少女がいた
花びらがうすいから
という理由で

―オブラートみたいでしょ
朝をつつむオブラート
―包んでどうするの？
―飲ませてあげるの
おくすりみたいに

薬のように
朝を求めている誰かがいるのだ
　いつまでも明けない夜の痛みに
　　ひとり耐えている
その誰かは
手渡された朝顔を
朝露といっしょに飲み込む
すると……
闇の中で花は溶けて
キラキラと煌めく朝《あした》

—元気になれそうでしょ？
—うん、なれそう

朝顔は
少女のように笑った

てんとう虫

あの頃
どうしようもなく

駆けて行った野っ原で
やけくそに草を引き抜くと
指先から
天道虫が飛び立って

どっと倒れこむと
むっとした草いきれが
むっとしたぼくを包んで

季語はあの日
夏！

血の斑紋は
太陽に焼かれたがっていた

熱帯蛾の夜

ぎゅうぎゅう詰めの最終電車に
滝のごとく流れているのは
くたびれ果てた人々の汗
だけでなく

ケショーも溶解
セーベツも溶解
立場も来歴もボンノーも
自我さえヨーカイコンコーし

車内一杯

ゲル状のさなぎの中だ
ゲルゲル状のさなぎ電車は
走りながらなんと変態

裂けた電車の殻からは
極彩色の羽が出現
コーコツの鱗粉を振り撒きながら
灼熱の夜へと飛び立ったのだ

見よ
十両編成の車輛からは十匹の蛾が
巨大な
忘我の蛾が解脱する！

学成り難し

夏も暮れて
秋が来るかと思いきや
いつまでも夏が
暮れ泥んでいるのであった

なかなか暮れない夏の暮れに
老いたかなかなが
まだかなまだかな
まだかなかなかな

なかなか暮れてくれない夏の暮れに

老い易いはずの少年はまだ蝉を追いかけて
まだかなまだかな
まだかなかなかな

新学期
早くあの子に会いたいのであった

献上

月見の晩に
月に見とれて　たましいを落とすと
魂《たま》ころがしがやってきて
後ろ足で転がしていってしまう　らしい

その生態から言っても
形態から言っても
糞ころがしと同種には違いないのだが
仕えているものが違う　らしい

糞ころがしは

日の神に
魂ころがしは
月の神に

芒《すすき》の中に人知れず
月かとみまごう
まあるく磨かれた　たましいが供えてあるのは
魂ころがしのせい　らしい

秋の月と羊と狼

ほら、ぽっかりと白い雲が浮かんで
羊みたいだね
たった一匹

あ、あっちを見てごらん
邪悪な感じの灰色の雲が
あれは狼

大変！このままじゃ食べられちゃう！
と思いきや
羊が狼を追っている

どんな風の吹き回しか？
羊から狼の方へと
風が吹いているからではあるんだろうけど

けど、どんなドラマチックなドラマがあるのか？
羊が狼を追いかけ
狼が羊から逃げるのには

羊はゆっくり追いかける
狼はすごすご逃げてゆく
月がそれをじっと見ている

秋の月が飽きもせず

秋の夜長に眺めているのは
羊と狼だけじゃなく

ぼくらのことも、ね
どっちが羊で
どっちが狼で

この先どんなドラマチックなドラマが
待っているのか
(いないのか)

ドシャ降る月に

あれからぼくら
傘も差さず
ふたり歩いたんだ
言葉も交わさず

ときに交わすひとみも
くちびるも
ドシャ降る月に
グッショリ濡れて

あれからぼくら

傘も差さず
ふたり歩いたんだ
言葉も交わさず

カサコソと

カサコソと
　音を立てるのは何だ？
カサコソと
　枯れたものが
カサコソと
　乾いた景色に
カサコソと
　悲しげに

いっそ火をつけて
すべて燃やしてしまいたい

が、火もまた
音を立てるだろうか
カサコソと

カサコソと
　燃え落ちる冬の太陽
カサコソと
　頬をつたうものさえ

雪の日の喫茶店で

発狂しそうよ、と彼女は言った
退屈で退屈で発狂しそう
そう言って長い髪を掻き上げながら
ストローを噛んだ

学校帰りのあの日から
雪はずっと降りっぱなしで
髪ももう白くなった頃だ
ぼくと同じく

人生は退屈だったろうか

それとも発狂する暇《いとま》もなく
今日の日を迎えているか

雪の日の喫茶店で
ふと退屈して
ストローを噛んでみた

芽吹き

気もそぞろ
木々もそぞろに
枝をふるわし

木は
木であることに集中できず
根もまた浮き足だって

春か！
恋か！
居ても立っても

行方ナシ

花ノ季節
蝶ノ行方不明ヲ
伝エ聞ク

花吹雪ニ見舞ワレ
己ハ真ニ蝶ナノカ
アルイハ花カ　ハタマタ雪カ
行方ナク
消滅《キエイ》ッテシマッタラシイ

伝エ聞イテカラ時折

脳裏ニ　白ク舞ウモノアリ
アレハ蝶カ
アルイハ花カ　ハタマタ雪カ

　　花ノ季節
　　花ノ季節

行方ナク
消滅リタイ私ノ
魂魄ナノカ

ナンノハナ？

あれはみんなたましいよ
と教えてくれた人がいた
桜並木を歩いていたときのことだ

たましいはみんな花になるの
さくらや
ばらや
しろつめくさや
きんもくせいや
生前一番好きだった花になって
咲いて

散ってから
逝くことになってるの
―アナタナラ？

II　もりのなか

ライオンの後継

百獣の王
と呼ばれたライオンも
百一獣の王
にはなれなかった

百の獣のひとつ
猿から生まれた突然変異体《ミュータント》
二足歩行の獣に
王の座を奪われたのだ

百一匹目の獣は

暴君として君臨し
長らく栄華を極めたが
その時代も終わろうとしている

百二匹目の獣は
（獣と言うより化け物？）
百一匹目の獣が生んだ
突然変異体と見ていいだろう

桁違いの彼らは
前王の仕事を奪い
二進法の
王冠をかぶる

象珈琲　～抽象と具象

象珈琲を飲んだことがある

極太足
平平耳
巨大軀
夢見牙
それらが抽出されて
象珈琲となる

淹れたての熱い珈琲を啜っていると

太い足でサバンナの大地を踏みしめ
平たい耳ででっかい軀を扇ぎながら
地平線で踊る蜃気楼を

うっとり

眺めている気になる
この気分こそが
象を抽出したもの
と教えてくれたのは
象の目を具えたマスターだ

珈琲カップからは時折

〜長長鼻
が伸びてくる

さて
具象のマスター
のつくる抽象の珈琲
あわいにゆらめく象形湯気は
はたして抽象
それとも具象？

くまのいのり

くまなくつきのてるよるに
くまがでてきておいのりをする

淵沢小十郎よ
ありがとう
やすらかに

くまなくつきのてるよるに
くまがでてきておいのりをする

星野道夫よ

ありがとう
やすらかに

てっぽうで
かめらで
こよなくくまをあいしたひとよ

わたしたちは
つうじあっていた

くまなくつきのてるよるの
なめとこやまに
むくなるほしに
ともにねむろう

カンガルー・コンプレックス

玄関を開けるとカンガルーがいた
真夜中のこと
チャイムが鳴るので
いぶかりながらも戸を開けると
いたんだ
カンガルーが

飲んではいたが
酩酊というほどのことではない
疲れてはいたが
幻を見るほどではなかったはずだ

ただこのところ
なにもかもがうまくいかずにいた

ピョンピョンと跳んで
入ってきたカンガルーは
長すぎる睫毛《まつげ》の下の
大きすぎる瞳に涙を浮かべて
ぼくを見つめた
そうして

おふくろをひろげた
吸い寄せられた
としか言いようがない
いつの間にか入っていたんだ

すっぽり
すっぽだかになって

深い眠りは
安らかな眠りでもあった
なつかしい気持ちで目覚めると
カンガルーはいなかった
朝の光の中
どこにも

あれからしばしば
カンガルーはやってくる
ぐったりくたびれた日
がっくり落ち込んだ日

カンガルーはやってきて
おふくろをひろげる

中で一度
目覚めかけたことがある
乳房をわしづかみ（これはぼくの）
乳首に吸い付き（これはぼくの）
甘い絆に
囚われていた

闇の中
聞こえていたのは
太鼓の音と
歌声

おそらくはカンガルー語の
おふくろの唄だ

灰色のコウノトリ

かつてあまたの
　赤ん坊を運んだ祝福の鳥も
　　灰色に老いて

水辺にたたずみ
　今や運ばれてくるものを
　　待つ番だ

翼あるものからの
　祝福の何かを
　　じっと

待つ番だ

モト猿

猿が進化して人間になった
と教室で教わったとき
動物園の猿もいつかは人間になる
と考えたのは
僕だけではないだろう

だが猿は猿で
今さら人間にはならない
と続けて教わったものの
やはり脳裏には
動物園の檻にいる人間が浮かんでいた

—出してくれ、もう猿じゃない、人間だ！
だが誰も取り合わなかった
—どうして出してくれないんだ！
誰もが檻の前の看板を指して
—だって書いてあるじゃないか、猿って

少年の僕は進化して大人になったが
あれからしばしば
脳裏でつぶやく声がする
—なるほど、これがニンゲンというものか
—なるほど、これがオトナというものか

もりのなかのうさぎ

——マリー・ホール・エッツの絵本※の中の

少年がひとり
もりをおさんぽ
かみのぼうしをかぶり
おもちゃのラッパをもって
やがてもりのなかの
どうぶつとであう

らいおん
ぞう
くま
かんがるー

こうのとり
さる

であったじゅんに
どうぶつもおさんぽ
少年のうしろについて
たのしいパレード
ほえたり　はなをならしたり
てをたたいたり

もりのなかの
うさぎはとくべつ
なにもしゃべらず
少年のよこへ

だまったままで
ならんであるく

人生は祭りだ
共に生きよう
　と言ったのはフェリーニ※※
人生はパレード
一緒に歩こう
　と言いたげなエッツ

人生はパレード
どんなものでも
　喜びであれ
悲しみであれ

出会った上には
一緒に歩く

中にはスペシャルな
出会いもあって
　添いあって
　通わせあって
並んで歩く
うさぎのように

さいごはみんなで
かくれんぼ
おにになった少年が
　もーいーかい

めをあけると
どうぶつはみんなきえて……

おとうさんが
むかえにきていた
　うちへ　かえらなくっちゃ
父なる者に導かれて
人は最後に
森を去る

森は人生の
　喩
人生は一篇の
　詩

愛する人を偲びながら
エッツが美しく語ってくれたこと

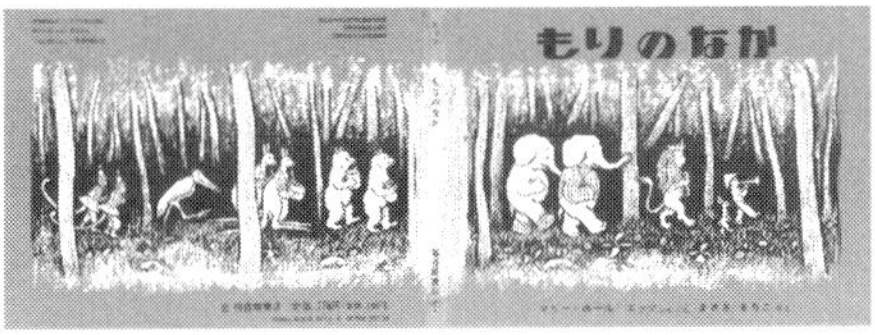

＊『もりのなか』
マリー・ホール・エッツ ぶん／え　まさきるりこ やく
福音館書店

＊＊『8 ½』
フェデリコ・フェリーニ　監督
写真協力　公益財団法人川喜多記念映画文化財団

Ⅲ　方丈の猫

いぬのせいかつ

いばしょをなくしたいぬがいて
いばしょをさがしてあるいてく

てくてくてくてくあるいていっても
いばしょはなかなかみつからず

いいかげんいいしょでもかいて
いしようかともおもったけど

いいいばしょもなければいいしにばしょもなし
どうせさがすならしにばしょより

いばしょのほうがいいとおもって
てくてくてくてくあるいてく
いぬのようなじんせいに
さちあれ

御爺ら（GODJILLA）

突如出現
巨大な御爺ら
国会議事堂を踏み潰し
スカイツリーをへし折って

いや東京だけでなく
大都市中都市年寄りの都市
田舎ド田舎
あまねく出現

御爺らは三本足

よぼよぼの二本足
と一本の杖
スフィンクスの謎かけよろしく

あちらには御婆ら（GODBALLA）も
三本足
もしくは巨大な椅子の車に乗って
やたらと徘徊

千年生かす気か
延命チューブを身に纏い
戦車も戦闘機も戦々恐々
全然役立たず

咆哮放屁
悪罵落涙
どんな怒りがあるのか
あるいは悲しみが

だが御爺ら御婆らの
動きが止まった
なぜだ？
どうしてだ？

逃げ惑う人々の中
赤児の声が
はぐれてしまった乳母車から
火の点いたような泣き声が

聞きながら
居眠りはじめる御爺ら御婆ら
因果に気づいたのは
印度人のとある高僧

試しに赤児の泣き声の
録音を流してみても
生の泣き声でないと
効果なしと判明

さあ集めろ集めろ
赤ん坊を
泣かせろ泣かせろ

乳飲み子を

有り難き印度の僧のお導きで
御爺ら御婆らよ安らかに
力強い未来の生声を聞きながら
安らかに引導を渡されたまえ

あんなに月が青いから

あんなに月が　青いから
　ぼくらも青く　染まってしまって
髪も手足も　胸の内まで
　すっかり青く　染まってしまって
大人になんか　なりたくないと
　ますます青く　染まってしまって

あんなに月が　青いなら
　いっそ海に　捨ててしまおう
愛も希望も　この悲しみも
　のこらず海に　捨ててしまおう

あんな大人に　なるくらいなら
　このまま海に　捨ててしまおう

あんなに遠く　あこがれが
　青く青く　流されてゆく
あんなに遠い　あこがれが
　青く青く　打ち寄せてくる

あんなに月が　青いから
　きっときらきら　きらめくだろう
捨てたはずの　愛も希望も
　悲しみさえも　きらめくだろう
ぼくらはぼくらの　大人になろう
　もっときらきら　きらめかせよう

雨の日の自画像

―雨を聞きながら
　絵を描くのが好き

少女のやわらかな　血は
　雨に　濡れている

ましろい　布　の　広がり　で
　　　　　石　の　彩り　と
　　　　　油　の　香り　が
ぬくとい　　　　　契り　をして　生まれた
いとしい　貌《かお》

の　火照り　は誰のせい？　と問う
鏡　の　気掛かり　も
雨　に　曇り

みつめる／みつめられる
　陶酔と　疼痛を
乾かぬ唇の　甘皮が　紅く　味わって
うつす／うつされる　少女　らは
　六つの耳で　雨を聞きながら

　五感を越える　予感に
　血は
いっそう／いっしょに
　濡れるのだった

人生を舐めて

人生なんて
　なんて味気ない
　そう考えていた
　人生を舐めながら

人生なんて
　なんて退屈な
　確かにあの頃
　ぬくぬくと
　うんざりと

人生なんて
　なんて……
舐めても舐めても
舐めれば舐めるほど
飢えも渇きもいや増して
ヒリヒリと
ジリジリと
永遠にも思えたあの頃の日々！

私は犬であることにも
鎖に繋がれて
与えられた人生を舐めているに過ぎない
ということにさえ
気づいてはいなかったのだ！

時の水音

ぼくらの狂気は
時代の狂気だと
うそぶいていた世代があり

ぼくらの倦怠は
時代の倦怠だと
ささめいていた世代があり

とすれば
ぼくらのひきこもりは
時代のひきこもりだと

つぶやいているのが
今の若い世代だろうか
いや若者だけでなく

うそぶくにせよ
ささめくにせよ
つぶやくにせよ

確かに
時代に感光する
感性はあって

だが何かのせいにしたがる

慣性もあって
何かのせいにする上には
自分も変わらず
時代も変わらず
井の中の蛙《かわず》

蛙よ
井から出て
旅に出でよ

旅に出でて
時降る池に飛び込んでみよ
と心を遊ばせているのは

ひきこもらない人
漂泊の足で
時代の細道を辿る

折り

どうにもできずに
鶴を折った

まだどうにもできずに
飛行機を折って飛ばしたら
あの人の方へ飛んでいった

折ると
祈るって
似てる

夕陽とＵＦＯ

ＵＦＯって
何しに飛んで来るか知ってる？
とんでもなく遠いところから

侵略？調査？
そんなんじゃない
見に来るんだよ、夕陽を

だってね
この星に沈む太陽が
宇宙で一番美しいから

ホントだよ
見てごらん、あの夕陽
え、ＵＦＯ?ウッソ!

救急搬送

お願いだから運んでって
こんな夜中にひとりっきりで
息も絶え絶え
死んじまいそうだから
お願いだから誰かぼくを
今すぐ救急搬送して

サイレン鳴らしてすっ飛ばして
真夜中の街を
手当てしてくれるところへ
君の部屋へ

君は悪くない
ぼくが悪かったんだ

着いたらすぐに横たわろう
君はぼくの胸を開いて
手術してくれるだろうか
それとも
　　手遅れです
とだけ告げるだろうか

愛の病

あんなに愛されてたのに
愛がうすまって
だからあたし
病気になっちゃったの

お医者様おっしゃったわ
治療方はふたつ
ひとつは愛を全部とりもどすこと
ひとつは愛を全部あきらめること

愛を全部とりもどすって

どうしたらいいんだろう？
愛を全部あきらめるって
どういう意味かしら？

愛してほしい病って告げられたけど
そうじゃないことあたし知ってる
本当はもっと重病
愛しぬいてほしい病！

愛して愛して愛しぬいてほしい病って
不治の病なんだって
治る見込みはないんだって
でもいいわ

死んだってかまやしない
だってあたし併発してるんだもの
愛して愛して愛しぬく病も
幸せな病気ってあるのね

ennui

アンさんと
ニュイくんが
退屈してたって
雨の日に

アンさんと
ニュイくんが
退屈しきってたって
恋人なのに

カフェで

リビングで
やることもなく
ベッドでも

二人はホントに
二人だったの？
それともホントは
一人だったの？

なんて
けだるい問いも
みんなこの
雨のせい

雨中で待ちながら

――――――――（雨
――――――――〈うん
――――――――（降ってるね
――――――――〈ずっとね
――――――――（やむかな？
――――――――〈そりゃ
――――――――（いつ？
――――――――〈いつかは
――――――――（やむのが先か死ぬのが先か
――――――――〈やむのが先でしょそりゃ
――――――――（え、止む？　病む？

――――――――――――〈え、死ぬって誰が？

――――――――――――（……

――――――――――――〈死んじゃおっかな

――――――――――――（そりゃないでしょ

――――――――――――〈そりゃないか

――――――――――――（死んだらどうすんの？

――――――――――――〈え？

――――――――――――（間違えた、やんだらどうすんの？

――――――――――――〈出てく

――――――――――――（どこから？

――――――――――――〈傘から

――――――――――――（……

――――――――――――〈交換しよっか、傘

――――――――――――（いいよ

昼過ぎから雨

昼過ぎから雨
の予報を聞いて
傘を手に出掛けると
駅の手前の
アパートの二階のベランダに
ワンピースが吊してあった

知らない女の
白いワンピースが
白々と

昼過ぎから雨
の予報は当たって
夜になっても降り続け
終電間際で帰ってくると
白いワンピースは
吊されたまま

見知った女のように
そぼ濡れて
そこにいた

ねむり

雨宿り
　のつもりで
夜宿り
　をして
布団のなかで
　降る夜の音を聞いていると
あかい
　傘を差しのべる女があらわれ

あらがいがたい
　あまい匂いの
あい合い傘で
　夜道へ踏み出した

傘のなかでも
　しっぽり濡れて
ふたりは一夜を
　ともにしたのだ

●

いつかふたりで
　踏み出すよみじ

夜を宿すは
　常夜《とこよ》の女
夜を宿して
　夜を生むため
常夜の国へ
　里がえり

貸ボート有〼

こんな看板を掲げて貸ボート屋を営んで　もうどのくらいになるのか　ボートと言っても色とりどりの紙を折るだけだから　元手はほとんどかからない　こんな辺鄙な山間の湖（というより沼）では商売にならないと思うだろうが　そう見捨てたものでもない　夜になると指先に火を灯した客がやってきて　なにがしかの思い出と引き換えにボートを借りていく　どのボートも湖（というより沼）の真ん中あたりに来ると　指先の火が燃え移ってか　青く沈んでいくようだが　そもそもが紙一枚なのでさして惜しくはない　月夜には金か銀の　月も星もない夜には白いボートがよく出る　贅沢さえしなければ食い

つなぐくらいはできるものだ　むろん思い出はすべて食
用だ　美味いものより不味いものが多いが　こんなご時
世では仕方がない

雲を渡る人

その人は
大きな鳥を肩に乗せて
雲を渡ってゆく
湖に氷が張ると
渡る人のように
そうして腹が減ると雲を穿ち
糸を垂らす…………………………………………

雲に覆われた日は
ついぼんやりして

空を眺めていたりすると大変だ
半ば開いた口から知らず知らず
釣られるものがある

その人は
釣り上げたものを食するわけだが
時に顔をしかめ
時ににんまりしながら
大きな雲色の鳥とも分けあって
旅を続けてゆくのだ

雲の下の
知らず知らずに釣られた方は
ますますぼんやりして

日を送る
はめになる

方丈の猫

方丈の　日だまりに
猫がたまって　うとうとと
うたかたの　日々をためこみ
目覚めると　一元が経っていた

●

いくら寝子でも　一元は寝過ぎ
だが一元の夢を　たずねてみても
猫はだんまり　おお欠《あくび》して
ぞろぞろと　新たな元号へ

月が欠けても　日が陰っても
月日は　百代《はくたい》の過客《かかく》にして
白菜の価格も　ひとのいのちの価値も
次の一元は　どうなることやら……

てなことは　歯牙にもかけず
人の世の　しがない日々のしがらみと
猫と栖《すみか》と　又かくのごとしと
猫はやっぱり　ねんころり猫（か？）

あとがき

　ここに収めた四十五篇の内の約半数は、日記の如く創作の日付を付した前作の詩群と同時期に書いたものだ。残りのほとんどはその後のものになる。冒頭の一篇に続く全体を三つのパートに分け、第一部は季節を巡るように、第二部は『もりのなか』の動物を題材に、第三部はその他のもの、という構成にした。

　季節の移り変わりは、私たちに脈々と息づく「もののあわれ」のＤＮＡを刺激する。刺激されたところから、ため息のように出てきたのが第一部だろうか。しみじみなどしていたら途端置いて行かれそうな世の中にあって、ここは敢えてのしみじみである。第二部は、ふと思いついてのことだ。お気に入りの絵本との気ままな散歩は、思いがけない出会いもあって楽しかった。

第三部にはよく雨が降っている。きっと雨が好きなのだろう。
詩のひとつひとつに自分なりの発見がある。発見があったから書いたとも、書きながら、あるいは書いてから発見したとも言える。読んでくださった方にも何かしらの発見があれば、これに勝る幸せはない。
七月堂の知念明子さんと鹿嶋貴彦さん、タカハシデザイン室の高橋雅之さんには並々ならぬお世話になった。心からの感謝を捧げたい。

空を眺めるのが好きだ。飛ぶことは叶わないが眺めるうち、心を遊ばせる事なら出来る。そんな思いでつくった詩集である。

春立や愚の上に又、とか。

能祖將夫

能祖將夫（のうそ・まさお）

一九五八年、愛媛県新居浜市生まれ
二〇一五年、第四回びーぐるの新人
神奈川県相模原市在住

詩集
『曇りの日』（二〇〇九年、書肆山田）
『あめだま』（二〇一六年、書肆山田）
『魂踏み』（二〇一六年、書肆山田）
『かなしみという名の爆弾を』（二〇一七年、書肆山田）

方丈の猫

二〇一九年二月四日　発行
著　者　能祖　將夫
発行者　知念　明子
発行所　七　月　堂
〒一五六―〇〇四三　東京都世田谷区松原二―二六―六
電話　〇三―三三二五―五七一七
FAX　〇三―三三二五―五七三一
印　刷　タイヨー美術印刷
製　本　井関製本

Printed in Japan
ISBN 978-4-87944-351-9　C0092